Le Cerisier

Alba Garcia-Puig

hachette
ÉDUCATION

Comme chaque année,
la petite Maribelle passe ses vacances
chez ses grands-parents à la montagne.

Un jour, Grand-père lui offre
un tout petit cerisier.

Ensemble, ils le plantent.
Grand-père explique qu'avec un peu de patience,
ils pourront bientôt déguster de belles cerises.

Les jours passent, mais le cerisier ne pousse pas.
Alors, Maribelle décide de le soigner à sa façon.

Pour nourrir le chaton de la ferme, on lui donne du lait ; cela fera-t-il grandir son arbre ?

Non, le cerisier ne pousse pas.

Souvent, Grand-père étrille les moutons dans leur enclos ; un petit coup de peigne l'aidera certainement.

Mais non, le cerisier ne pousse pas.

Maribelle sait, par ses lectures,
que les carottes font pousser les oreilles des lapins ;
que donneront celles déposées en offrande auprès de l'arbre ?

Eh bien, le cerisier ne pousse toujours pas.

Au creux du nid, les oisillons prennent leur envol ;
le cerisier s'élancera-t-il si Maribelle lui en confectionne un
à l'aide de brindilles et de paille ?

Décidément,
le cerisier ne pousse pas.

Les jours passent et Maribelle désespère.
Elle mesure chaque jour son arbrisseau.

lundi : 133 cm

mardi : 133 cm

mercredi : 133 cm

jeudi : 133 cm

vendredi : 133 cm

samedi : 133 cm

dimanche : 133 cm

Finalement, l'été s'achève.
Maribelle craint que son cerisier, si chétif, ne supporte pas un hiver rigoureux.

La nuit suivante, le cerisier entend une chouette hululer.

Il étire son tronc pour mieux percevoir sa mélodie.

Quelques jours après,
des papillons espiègles
viennent le chatouiller.

Pour répondre à leur jeu,
il allonge ses branches.

Un jour gris et pluvieux, l'arbre entend la complainte des gouttes d'eau tombant lourdement sur le sol.

Il déploie délicatement ses jeunes feuilles pour amortir leur chute et obtient l'amitié de la pluie par ce geste bienveillant.

La nuit suivante, le cerisier entend les larmes de la lune qui pleure sa solitude dans l'obscurité.

Alors, pour lui tenir compagnie, il fait éclore à chacune de ses branches de belles fleurs blanches, pareilles à de petites lucioles.

Enfin, les beaux jours reviennent.

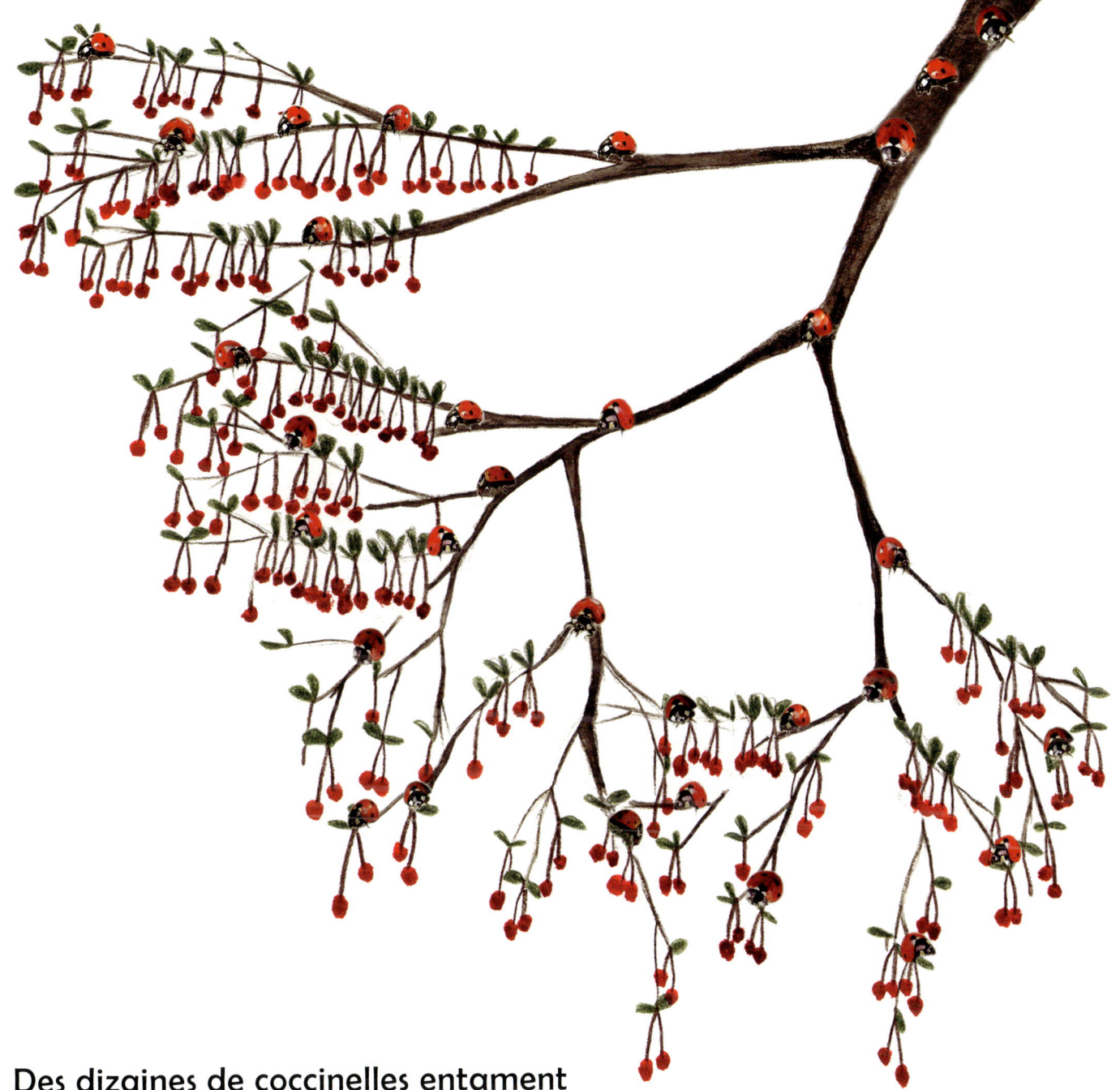

Des dizaines de coccinelles entament
une partie de cache-cache sur l'arbre.
Quelle meilleure cachette que celle offerte par ces grosses cerises rouges ?

Les jours passent et Maribelle est de retour au village.
Pressée, elle n'en croit pas ses yeux :

son petit arbuste est devenu un grand,
beau et fort cerisier.

Quel bonheur !
La récolte peut commencer.

Panier rempli et joues gonflées
pour l'étrange merlette perchée sur sa branche.

Ravie, elle invite ses amis alentour à goûter les fruits juteux, boucles d'oreilles et lancers de noyaux au programme.
Ensemble, ils célèbrent le petit arbre devenu grand, beau et fort.

À l'heure de la sieste, le cerisier offre son ombrage à Maribelle la Sage. Assoupie, elle songe aux paroles de son grand-père :

pour bien grandir,
il faut du temps.

Ce livre est dédié à tous ceux qui, comme les personnages de cette histoire,
m'ont aidée à grandir.
Merci en particulier à ma mère pour m'avoir offert,
petite, une boîte de Caran d'Ache.
À Jordi qui m'a encouragée à voyager au pays de la création,
et à Marion et Teresa pour leurs conseils utiles.

L'éditeur est admiratif de la petite page d'écriture de Mélina.

hachette s'engage pour
l'environnement en réduisant
l'empreinte carbone de ses livres.
Celle de cet exemplaire est de :
450 g éq. CO$_2$
Rendez-vous sur
www.hachette-durable.fr

© Âne bâté Éditions

© Hachette Livre pour la présente édition

ISBN : 978-2-01-118106-0

© HACHETTE LIVRE 2013, 58 rue Jean Bleuzen, CS 70007, 92178 Vanves Cedex.

Tous droits de traduction, de reproduction et d'adaptation réservés pour tous pays.

Le Code de la propriété intellectuelle n'autorisant, aux termes des articles L. 122-4 et L. 122-5, d'une part, que les « copies ou reproductions strictement réservées à l'usage privé du copiste et non destinées à une utilisation collective », et, d'autre part, que « les analyses et les courtes citations » dans un but d'exemple et d'illustration, « toute représentation ou reproduction intégrale ou partielle, faite sans le consentement de l'auteur ou de ses ayants droit ou ayants cause, est illicite ».
Cette représentation ou reproduction, par quelque procédé que ce soit, sans autorisation de l'éditeur ou du Centre français de l'exploitation du droit de copie (20, rue des Grands-Augustins – 75006 Paris), constituerait donc une contrefaçon sanctionnée par les articles 425 et suivants du Code pénal.

Achevé d'imprimer en France par l'imprimerie CHIRAT - 42540 Saint-Just-la-Pendue - N° 201812.0059
Dépôt légal : Janvier 2019 - Collection n° 02 - Édition 08 - 11/8106/4